Aux parents

Pour bien des enfants, l'apprentissage des mathématiques est difficile, et il n'est pas rare de les entendre se plaindre qu'ils détestent cette matière... et bien des parents n'osent pas leur avouer qu'ils sont du même avis. Les enfants voient souvent les adultes confortablement installés en train de lire ou d'écrire, mais ils voient rarement un tel modèle en train de calculer. Le goût pour les maths, ça se développe!

Les histoires faciles à lire de la série « Je peux lire! MATHS » sont conçues d'abord pour initier les enfants aux mathématiques de façon amusante; mais elles permettent aussi aux parents de se replonger dans un sujet important de la vie de tous les jours. Les histoires de « Je peux lire! MATHS » rendent les concepts mathématiques accessibles, intéressants et amusants pour les enfants. Les activités et suggestions à la fin de chaque livre offrent aux parents une approche concrète pour susciter chez l'enfant intérêt et confiance en lui, quand il s'agit de mathématiques.

Les maths... c'est amusant!

- Demandez à votre enfant de raconter l'histoire de nouveau. Plus les enfants connaissent l'histoire, plus ils en comprennent le concept mathématique.
- Utilisez les illustrations aux couleurs vives pour aider votre enfant à « entendre et comprendre » le concept mathématique exploré dans l'histoire.
- Faites les activités mathématiques en vous amusant. Laissez votre enfant vous guider. Attardez-vous aux activités qui suscitent son intérêt et sa curiosité.
- Les activités, surtout celles qui utilisent des objets, aident à concrétiser des concepts mathématiques abstraits.

L'apprentissage étant un processus complexe, votre enfant doit pouvoir se servir d'objets qui lui sont familiers pour bien saisir le concept et les représentations mathématiques.

Bien que l'apprentissage des nombres soit fondamental, l'identification de formes et de séquences, la mesure, la collecte et l'interprétation de données, le raisonnement logique et la réflexion sur les probabilités sont aussi importants. En lisant les histoires de la série « Je peux lire! MATHS » et en faisant les activités dans une ambiance ludique, votre enfant apprendra à aimer les maths!

— Marilyn Burns,
auteure et pédagogue

À Ruth Cohen
— J.R.

Catalogage avant publication de la Bibliothèque nationale du Canada
Rocklin, Joanne
  Matou mange-tout / Joanne Rocklin ; illustrations de Rowan
  Barnes-Murphy ; activités de maths de Marilyn Burns ;
  texte français de Hélène Pilotto.

(Je peux lire!. Niveau 3. Maths)
Traduction de: One hungry cat.
Pour enfants.
ISBN 0-439-97539-5

I. Barnes-Murphy, Rowan II. Burns, Marilyn, 1941- III. Pilotto, Hélène
IV. Titre. V. Collection.

PZ23.R6224Ma 2003   j813'.54   C2002-904848-6

Édition publiée par Les éditions Scholastic, 175 Hillmount Road,
Markham (Ontario) L6C 1Z7

5 4 3 2 1   Imprimé au Canada   03 04 05 06

Matou mange-tout

Joanne Rocklin

Illustrations de Rowan Barnes-Murphy

Activités de maths de Marilyn Burns

Texte français d'Hélène Pilotto

Je peux lire! — MATHS — Niveau 3

Les éditions Scholastic

Tom aime cuisiner de petites gâteries.
Aujourd'hui, Tom mélange,
dans un grand bol,
de la farine,
du sucre,
de l'eau,
des œufs,
du beurre
et du chocolat.

BRASSE, BRASSE!
MÊLE, MÊLE!
Voilà! Tom a fait une douzaine
de biscuits au chocolat!

— J'ai assez de biscuits pour
partager avec mes amis, dit Tom.
Il appelle Lucas et Zoé.
— Venez chez moi à quatorze heures
pour le goûter. J'ai quelque chose
à partager !

Tom place trois assiettes sur la table.
Il met le même nombre de biscuits
dans chaque assiette.

— Parfait! s'exclame Tom.
Il faut être juste quand on partage.

Mais voilà : Tom est affamé. Il ne peut pas attendre jusqu'à quatorze heures.
Il ne peut pas attendre une minute de plus!
Tom avale tous les biscuits de son assiette.
— Délicieux! dit-il.

De nouveau, Tom essaie de mettre le même
nombre de biscuits dans chaque assiette.
Cette fois, il n'y arrive pas.
— Lucas et Zoé seront mécontents
si je ne partage pas également.
Tom ne veut pas décevoir ses amis.
Il avale donc tous les biscuits!
Tom regarde l'heure.
— Il me reste assez de temps
pour cuisiner autre chose, dit-il.

Tom cueille deux citrons
dans son citronnier.

Dans un bol,
il mélange
de la farine,

du sucre,
du lait,
des œufs,
du beurre

et du jus de citron.
BRASSE, BRASSE!
MÊLE, MÊLE!

Tom a fait un gâteau au citron.
Le gâteau est carré.
— Un gâteau carré, c'est facile
à partager! dit Tom.

Tom coupe le gâteau en deux.
— Ce n'est pas assez, dit-il
en regardant les deux moitiés.

Tom coupe chaque moitié en deux.
— Maintenant, il y a une part de trop!
s'exclame-t-il.
Tom mange donc une part de gâteau.
— Délicieux! dit-il.

Tom met une part de gâteau
au citron dans chaque assiette.
— Parfait! s'exclame-t-il. Il faut être
juste quand on partage.

Tom s'assoit.
Il attend Zoé et Lucas.
MMMM!
Comme le gâteau sent bon!
Tom ne peut pas résister.

Il prend une part de gâteau.
GLOUP! Il en avale la moitié!

— Oh, non! dit Tom. J'ai mangé
la moitié du gâteau de Zoé.
Maintenant, la part de Zoé est
toute petite. Zoé sera triste.
Tom ne veut pas que Zoé soit triste.
Alors, il mange la moitié du gâteau
de Lucas.

Puis Tom mange la moitié
de sa part de gâteau.

Maintenant, il ne reste plus qu'un petit bout de gâteau dans chaque assiette.
— Ce n'est pas assez pour un goûter, dit Tom.
Il avale donc tout ce qui reste du gâteau au citron !

Tom regarde l'heure de nouveau.
Lucas et Zoé vont arriver dans
une demi-heure.

— Il faut que je cuisine une autre gâterie
pour mes amis! s'exclame Tom.

Tom n'a plus
qu'un peu de farine,
un peu de sucre,
un peu de lait
et un peu de beurre.
Il lui reste aussi un œuf et neuf bleuets.

— Ce n'est pas assez pour faire
une douzaine de biscuits.
Ce n'est pas assez pour faire un gâteau!
Qu'est-ce que je vais faire? se demande Tom.

Tout à coup, Tom a une idée.

Il met tous les ingrédients dans un bol.

— Si je me dépêche un peu, je ferai quelque chose de délicieux, dit-il.

BRASSE! BRASSE!

MÊLE! MÊLE!

Lucas et Zoé arrivent à quatorze heures pile.

— Voici le bon goûter que je vous
ai préparé! dit Tom.
Tom donne un muffin aux bleuets à Lucas.
Il donne un muffin aux bleuets à Zoé.

— Et toi, Tom, tu ne manges rien?
demande Lucas.

Tom leur montre son ventre bien plein.
Il n'a pas faim.

— Non, merci, répond-il. J'ai fait
les muffins juste pour vous deux.

— Mais ce n'est pas juste! s'écrie Zoé.
Nous voulons partager avec toi!

— Je vois des bleuets dans ces muffins.
Nous allons partager nos bleuets
avec toi! annonce Lucas.

— Des bleuets! Mmmm! répond Tom.

Lucas et Zoé comptent les bleuets.

— J'ai quatre bleuets dans
mon muffin, dit Lucas.

— J'ai cinq bleuets dans
mon muffin, dit Zoé.

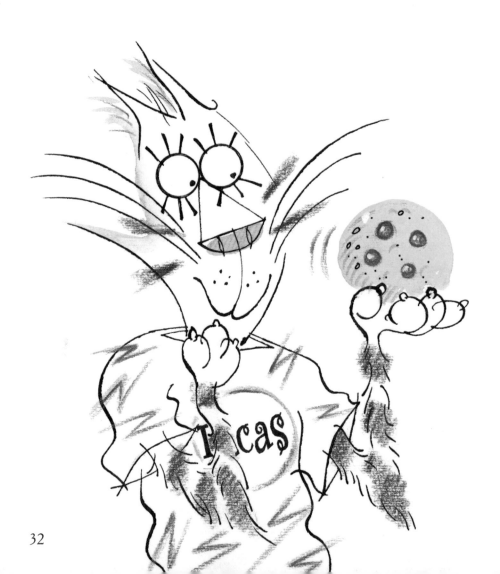

— Voyons... dit Lucas. Nous allons
donner chacun deux bleuets à Tom.
Ce sera juste.
— Non! Non! dit Zoé. Je vais donner
trois bleuets à Tom. Et toi, Lucas,
tu lui en donneras deux.
— Non, dit Lucas. Je vais donner
un bleuet à Tom. Et toi, Zoé...

— ARRÊTEZ! dit Tom.

Ne me donnez rien du tout!

Les deux muffins sont pour vous.

— C'est gentil de ta part, dit Lucas.

— Oui, ajoute Zoé. Tu es un bon ami.

— Euh… merci, répond Tom.

• LES ACTIVITÉS •

Bien avant d'étudier les divisions à l'école, les enfants ont souvent la chance d'expérimenter deux sortes de divisions dans leur vie quotidienne. Cela se produit par exemple lorsqu'ils partagent des objets : « Un pour toi, un pour moi, un pour toi, un pour moi... » En procédant par élimination, ils voient combien d'objets récolte chaque participant. Cela arrive aussi lorsqu'ils tentent de diviser un certain nombre d'objets en sous-groupes égaux : « Je dois coller trois pétales sur chaque fleur. » Ce faisant, ils réalisent combien de fleurs (i.e. combien de sous-groupes) ils peuvent former. Ces deux types d'expériences aident les enfants à comprendre l'importance d'un partage égal et équitable.

Les situations présentées dans *Matou mange-tout* illustrent bien ces deux sortes de divisions. Tom essaie de partager les biscuits également dans les trois assiettes. Il tente de couper le gâteau en trois parts identiques. Lucas et Zoé veulent répartir les bleuets équitablement entre eux et Tom.

Des activités telles que celles que nous vous proposons ci-après aident les enfants non seulement à se familiariser avec les divisions, mais aussi à développer leur esprit mathématique. Plus les enfants sont en contact avec des problèmes mathématiques appliqués à la vie courante, plus ils accroissent leur compréhension des chiffres et leur capacité à résoudre des problèmes. Soyez attentifs aux questions de votre enfant et amusez-vous avec les maths!

— Marilyn Burns

Dans chacun des encadrés,
vous trouverez des conseils et
des suggestions sur les activités.

On raconte l'histoire de nouveau

Tom fait une douzaine de biscuits au chocolat. Combien de biscuits y a-t-il dans une douzaine? Si tu ne le sais pas, compte les biscuits illustrés au début de l'histoire. (Tu devrais en compter 12.)

Tom met le même nombre de biscuits dans chacune des trois assiettes. Remplace les biscuits par douze pièces de monnaie ou douze boutons. Répartis-les dans ces trois assiettes. Tu devrais avoir quatre « biscuits » par assiette.

Tom avale tous les biscuits avant l'arrivée de Lucas et de Zoé. Pourquoi?

Puis Tom fait un gâteau au citron. Il le coupe en quatre parts. Que fait-il avec les parts?

Découpe un carré de papier. Coupe-le de la même façon que Tom a coupé son gâteau : en deux, puis encore en deux. Un conseil : plie ton carré de papier en quatre avant de le couper. Dépose une part de gâteau sur chacune des assiettes ci-dessus.

Tom avale toutes les parts de gâteau au citron avant l'arrivée de Lucas et de Zoé! Pourquoi?

Enfin, Tom fait deux muffins aux bleuets, un pour Lucas et un pour Zoé. Pourquoi n'en fait-il pas un pour lui-même?

Lucas et Zoé veulent partager leurs bleuets avec Tom.

Il y a quatre bleuets dans le muffin de Lucas. Compte quatre pièces de monnaie ou quatre boutons, et place-les sur l'assiette de Lucas.

Il y a cinq bleuets dans le muffin de Zoé. Compte cinq pièces de monnaie ou cinq boutons, et place-les sur l'assiette de Zoé.

Essaie de trouver combien de bleuets Lucas et Zoé devraient mettre dans l'assiette de Tom pour que chacun des trois amis ait le même nombre de bleuets.

Questions de temps

Tom invite Lucas et Zoé à goûter. Il les attend pour quatorze heures. Est-ce une bonne heure pour un goûter? Pourquoi?

Que fais-tu habituellement à quatorze heures? Fais-tu la même chose la fin de semaine et les jours de semaine?

Tom fait les biscuits bien avant quatorze heures. Cherche le cadran qui indique à quelle heure Tom mange tous les biscuits. Quelle heure indique-t-il? Combien de temps reste-t-il avant l'arrivée de Lucas et de Zoé?

Il est 13 h 30 quand Tom finit de manger le gâteau au citron. Combien de temps reste-t-il avant l'arrivée de Lucas et de Zoé?

Biscuits à partager

Tom fait une douzaine de biscuits. Il mange les quatre qui sont dans son assiette. Combien reste-t-il de biscuits? (Utilise tes pièces de monnaie ou tes boutons pour trouver la réponse.)

Tom essaie ensuite de partager en trois les huit biscuits qui restent. Il n'y arrive pas. Pourquoi? Essaie de partager tes huit pièces de monnaie ou tes huit boutons en trois sous-groupes égaux. Y arrives-tu?

Comment Tom résout-il son problème?

Imagine que tu as six biscuits. Peux-tu les partager également entre les trois assiettes de la page 36? Essaie avec six pièces de monnaie ou six boutons. Recommence avec différentes quantités. Certains nombres se divisent bien en trois, mais d'autres pas : il y a des pièces en trop!

En tentant de partager une quantité d'objets en sous-groupes égaux, l'enfant se familiarise avec le concept de division, avec ou sans reste.

Un gâteau au citron différent

Certains gâteaux sont ronds. Si le gâteau au citron de Tom avait été rond, comment aurait-il fait pour le couper en trois parts égales? Découpe un cercle en papier. Essaie de le couper en trois morceaux égaux.

Il est parfaitement normal
qu'un enfant éprouve de la difficulté à couper
un cercle en trois parties égales.
Pour aider votre enfant à s'y exercer, montrez-lui
à dessiner un « Y » sur le cercle à diviser.
(Un conseil : déterminez d'abord le centre
du cercle avec un point, puis faites converger
les trois lignes vers ce point.)

Problèmes de bleuets

Imagine que tes pièces de monnaie ou tes boutons sont des bleuets. Utilise les trois assiettes de la page 36 pour résoudre ces problèmes de bleuets.

Mets deux bleuets sur l'assiette de Lucas. Mets-en quatre sur celle de Zoé. Essaie de les répartir de telle façon que Tom, Lucas et Zoé aient le même nombre de bleuets.

Recommence en mettant trois bleuets sur l'assiette de Lucas et six sur celle de Zoé. Essaie de les répartir de telle façon que Tom, Lucas et Zoé aient le même nombre de bleuets.

Maintenant, à toi de décider combien de bleuets Lucas et Zoé auront dans leur assiette au départ. Attention! Certains nombres vont te jouer des tours : tu auras des pièces en trop! Essaie de déterminer quels nombres se partagent en trois et quels nombres ont des restes.

Cette activité propose essentiellement le même genre de problème que celle de la page 38, mais le contexte est différent. N'hésitez pas à jouer avec votre enfant tant et aussi longtemps qu'il manifeste de l'intérêt pour une activité. C'est la répétition des expériences qui favorise sa compréhension des choses.